D1933655

Zur Erinnerung an den „schönsten Tag des Lebens".

Nütze die Zeit. Sie gehört zu den nicht vermehrbaren Gütern.

Alles Liebe für Euch, liebe Jette, lieber Nico von Onkel Wolle u.

REDLINE WIRTSCHAFT
bei ueberreuter

T. [illegible]

[illegible]. 1.9.2012

Zeit & Leben

Zitate und Aphorismen

Herausgegeben von

Lothar Schmidt

unter Mitarbeit von Peter Feistel

REDLINE WIRTSCHAFT
bei ueberreuter

Lothar Schmidt (Hrsg.)
Der kleine Zitatenschatz – Zeit & Leben
Frankfurt/Wien: Redline Wirtschaft bei
Ueberreuter, 2003
ISBN 3-8323-0967-5

Unsere Web-Adressen:

http://www.redline-wirtschaft.de
http://www.redline-wirtschaft.at

1 2 3 / 2005 2004 2003

Alle Rechte vorbehalten
Umschlag: INIT, Büro für Gestaltung, Bielefeld
Copyright © 2003 by Wirtschaftsverlag
Carl Ueberreuter, Frankfurt/Wien
Druck: Druckerei Theiss GmbH, A-9431 St. Stefan
Printed in Austria

Zeit und Intelligenz gehören neben Grund und Boden zu den nicht beliebig vermehrbaren Gütern.

Zeit ist der Stoff, aus dem das Leben gewebt ist. Zeit ist das, was die Menschen am stärksten begehren und am schlechtesten nutzen. Die meisten Menschen nehmen von der Zeit erst dann Notiz, wenn sie vorüber ist.

Wer sinnvoll leben und schaffen will, muss die ihm zugemessene Zeit so gut wie möglich nutzen.

Die Zeit flieht. Sie hat Grund dazu. Sie hat Angst, totgeschlagen zu werden.

Lothar Schmidt

Die Zeit ist mein Besitz,
mein Acker ist die Zeit.

Johann Wolfgang von Goethe;
1749–1832;
dt. Dichter

Ohne Zeit besitzt man nichts.

Michel de Montaigne;
1533–1592;
frz. Essayist, Philosoph

Nütze die Zeit. Sie gehört zu den nicht vermehrbaren Gütern.

LOTHAR SCHMIDT;
1922–;
DT. JURIST, POLITOLOGE,
APHORISTIKER

Zeit ist Geld.

Benjamin Franklin;
1706–1790;
am. Staatsmann

Zeit ist Geld,
aber Timing schafft Geld.

Hans-Jürgen Quadbeck-Seeger;
1939–;
dt. Forschungsmanager

Die Zeit ist kein Geld,
aber den einen nimmt
das Geld die Zeit und den anderen
die Zeit das Geld.

Ron Kritzfeld;
1921–;
dt. Unternehmer,
Aphoristiker

Zeit ist Geldverschwendung.

Oscar Wilde;
1856–1900;
ir. Schriftsteller,
Dramatiker

Die Zeit ist eine verspielte Katze. Sie umschmeichelt einen und schlabbert den Tag auf wie eine Schale Milch.

Henry Ford I.;
1863–1947;
am. Automobil-Hersteller

Dreifach ist der Schritt der Zeit: Zögernd kommt die Zukunft hergezogen, pfeilschnell ist das Jetzt entflogen, ewig still ist die Vergangenheit.

Friedrich von Schiller;
1759–1805;
dt. Dichter

Zeit ist Bewegung im Raum.

Joseph Joubert;
1754–1824;
frz. Moralist,
Epigrammatiker

Die Zeit ist kurz,
die Kunst ist lang.

Johann Wolfgang von Goethe;
1749–1832;
dt. Dichter

Das Wesen der Zeit besteht
in der Veränderung der Dinge.
Oder mathematisch ausgedrückt:
Die Zeit ist der Differentialquotient
der Veränderung.

Helmar Nahr;
1931–1990;
dt. Unternehmer,
Aphoristiker

Eins, zwei, drei im Sauseschritt läuft die Zeit, wir laufen mit.

Wilhelm Busch;
1832–1908;
dt. Dichter,
Maler, Zeichner

Der Zug der Zeit ist ständig überfüllt.

Norbert Stoffel;
1931–;
dt. Unternehmer,
Aphoristiker

Alle Macht des Menschen besteht aus einer Mischung von Zeit und Geduld.

Ron Kritzfeld;
1921–;
dt. Unternehmer,
Aphoristiker

Von der Zeit nehmen wir nur Notiz, wenn sie vorbei ist.

Lothar Schmidt;
1922–;
dt. Jurist, Politologe,
Aphoristiker

Von einer guten alten Zeit
weiß kein Archiv.

Norbert Stoffel;
1931–;
dt. Unternehmer,
Aphoristiker

Nichts ist so sehr für die gute alte Zeit verantwortlich wie das schlechte Gedächtnis.

Anatole France;
1844–1924;
frz. Dichter

Die Erfahrung eines langen Lebens: Zeit ist das knappste Gut.

Hans-Armin Weirich;
1920–;
dt. Jurist,
Aphoristiker

Es ist ein Jammer,
dass die Spanne so kurz ist zwischen
der Zeit, wo man zu jung,
und jener, wo man zu alt ist.

Montesquieu;
1689–1755;
frz. Philosoph

Wenn die Zeit kommt,
in der man könnte, ist die vorüber,
in der man kann.

Marie von Ebner-Eschenbach;
1830–1916;
öster. Erzählerin,
Aphoristikerin

Gegenüber der Zeit
ist der Mensch machtlos.

Werner Mitsch;
1936–;
dt. Schriftsetzer,
Aphoristiker

Kein Schaden ist so groß
wie die Zeitverschwendung.

Michelangelo Buonarroti;
1475–1564;
ital. Bildhauer, Maler,
Baumeister, Dichter

Es eilt ein jeder voller Hast,
als sei ihm Muße eine Last. Doch
manchmal gibt die Zeit sich schlau:
sie zwingt zur Pause ihn im Stau.

Norbert Stoffel;
1931–;
dt. Unternehmer,
Aphoristiker

Unsere Zeit ist ein großer Wecker. Die große alte Wanduhr rasselt und ruft mit gewaltigen Schlägen.

JOHANN GOTTFRIED VON HERDER;
1744–1803;
DT. DICHTER, THEOLOGE,
PHILOSOPH

Jeder Kalender erinnert uns daran, dass unsere Tage gezählt sind.

LOTHAR SCHMIDT;
1922–;
DT. JURIST, POLITOLOGE,
APHORISTIKER

Man gewinnt die meiste Zeit dadurch, dass man keine Zeit verliert.

Gerhard Uhlenbruck;
1929–;
dt. Immunbiologe,
Aphoristiker

Was die Zeit nicht heilt, vernichtet sie.

RUPERT SCHÜTZBACH;
1933–;
DT. ZÖLLNER, APHORISTIKER,
EPIGRAMMATIKER

Viele Menschen gehen mit ihrer Zeit so um wie die Politiker mit unserem Geld.

Lothar Schmidt;
1922–;
dt. Jurist, Politologe,
Aphoristiker

Wenn man viel hineinzustecken hat, so hat ein Tag hundert Taschen.

FRIEDRICH NIETZSCHE;
1844–1900;
DT. PHILOSOPH

Es gibt Diebe,
die nie bestraft werden und
den Menschen doch das Kostbarste
stehlen: die Zeit.

Napoleon I.;
1769–1821;
frz. General,
Kaiser der Franzosen
1804–1815

Zeitverschwendung ist die leichteste aller Verschwendungen.

Henry Ford I.;
1863–1947;
am. Automobil-Hersteller

Gewöhnliche Menschen überlegen nur, wie sie ihre Zeit verbringen. Ein intelligenter Mensch versucht, sie auszunutzen.

Arthur Schopenhauer;
1788–1860;
dt. Philosoph

Gegenüber der Fähigkeit, die Arbeit eines einzigen Tages sinnvoll zu ordnen, ist alles andere im Leben ein Kinderspiel.

JOHANN WOLFGANG VON GOETHE;
1749–1832;
DT. DICHTER

Zeitvertreib: nennen wir jene angenehmen Beschäftigungen, bei denen wir den Stillstand der Zeit herbeiwünschen.

Ron Kritzfeld;
1921–;
dt. Unternehmer,
Aphoristiker

Die Menschen vertreiben sich die Zeit und klagen darüber, dass sie keine haben.

LOTHAR SCHMIDT;
1922–;
DT. JURIST, POLITOLOGE,
APHORISTIKER

Zeit hätte die moderne Menschheit schon. Doch praktiziert sie Zeitvertreib in Perfektion. Und deshalb läuft ihr die Zeit davon.

Rupert Schützbach;
1933–;
dt. Zöllner, Aphoristiker,
Epigrammatiker

Das Leben ist nie etwas,
es ist nur die Gelegenheit zu etwas.

Christian Friedrich Hebbel;
1813–1863;
dt. Dichter

Es eilt die Zeit.
Was ist ein Jahr?
Ein Augenblick der Ewigkeit!

Robert Muthmann;
1922–;
dt. Jurist, Aphoristiker,
Lyriker

Denke immer daran, dass es nur eine allerwichtigste Zeit gibt, nämlich sofort!

Leo N. Tolstoi;
1828–1910;
russ. Schriftsteller, Dichter

Der Aufschub ist der Dieb der Zeit.

Edward Young;
1683–1765;
brit. Dichter, Hofkaplan

Verschiebe nicht auf morgen, was genauso gut auf übermorgen verschoben werden kann.

Mark Twain;
1835–1910;
am. Schriftsteller,
Humorist

Die Not unserer Zeit besteht in unserer Zeitnot.

Gerhard Uhlenbruck;
1929–;
dt. Immunbiologe,
Aphoristiker

Nicht die Zeit drängt,
sondern der Mensch.

Werner Mitsch;
1936–;
dt. Schriftsetzer,
Aphoristiker

Wir vertreiben uns die Zeit.
Doch mit der Zeit vertreibt sie uns.

Lothar Schmidt;
1922–;
dt. Jurist, Politologe,
Aphoristiker

Zeitgeist: Sich mehr leisten als leisten.

Ron Kritzfeld;
1921–;
dt. Unternehmer,
Aphoristiker

Die Herrschaft über den Augenblick ist die Herrschaft über das Leben.

Marie von Ebner-Eschenbach;
1830–1916;
öster. Erzählerin,
Aphoristikerin

Die Zeiten ändern sich.
Und noch viel mehr die Menschen.

Christian Friedrich Hebbel;
1813–1863;
dt. Dichter

Die Zeit bekehrt mehr Menschen als der Verstand.

THOMAS PAINE;
1737–1809;
AM. PHILOSOPH

Alles hat seine Zeit!
Ein Spruch, dessen Bedeutung man bei längerem Leben immer mehr anerkennen lernt; danach gibt es eine Zeit zu schweigen, eine andere zu sprechen.

Johann Wolfgang von Goethe;
1749–1832;
dt. Dichter

Liebst du das Leben?
Dann verschwende nicht die Zeit!
Denn das ist der Stoff, aus dem das Leben gemacht ist.

BENJAMIN FRANKLIN;
1706–1790;
AM. STAATSMANN

Leben ist Einatmen der Zukunft.

Pierre Leroux;
1797–1871;
frz. Politiker

Das Leben
ist eine in siebenfaches Goldpapier
eingewickelte Bittermandel.

Christian Friedrich Hebbel;
1813–1863;
dt. Dichter

Leben besteht zu 10 Prozent aus dem, was man daraus macht; zu 90 Prozent geht es darum, wie man damit fertig wird.

LOTHAR SCHMIDT;
1922–;
DT. JURIST, POLITOLOGE,
APHORISTIKER

Das Leben besteht aus dem, was ein Mensch den ganzen Tag über denkt.

RALPH WALDO EMERSON;
1803–1882;
AM. PHILOSOPH,
DICHTER

Leben ist die Kunst,
taugliche Schlussfolgerungen aus
unzureichenden Prämissen zu ziehen.

Samuel Butler der Jüngere;
1835–1902;
brit. Philosoph,
Essayist

Das Leben ist eine Schule der Wahrscheinlichkeit.

WALTER BAGEHOT;
1826–1877;
BRIT. NATIONALÖKONOM,
JURIST

Leben, das heißt hoffen und warten.

Étienne de Sénancour;
1770–1846;
frz. Schriftsteller

Das Leben ist eine Treppe:
Wir wissen nie, ob es mit uns
aufwärts oder abwärts geht.

Ernst R. Hauschka;
1926–;
dt. Bibliothekar,
Aphoristiker

Alles Leben ist ein überschwänglicher Erneuerungsprozess.

NOVALIS;
1772–1801;
DT. DICHTER

Nur Reisen ist Leben,
wie umgekehrt das Leben Reisen ist.

JEAN PAUL;
1763–1825;
DT. DICHTER

Das Leben ist eine Taktfrage.

Oscar Wilde;
1856–1900;
ir. Schriftsteller,
Dramatiker

Das Leben ist ein Spiel.
Man macht keine größeren Gewinne,
ohne Verluste zu riskieren.

Christina von Schweden;
1626–1689;
schwed. Königin,
Aphoristikerin

Das Leben ist eine Tragödie für die, die fühlen, und eine Komödie für die, die denken.

Jean de La Bruyère;
1645–1696;
frz. Moralphilosoph

Das Leben besteht nicht darin, dass man gute Karten hält, sondern, dass man mit denen spielt, die man für gut hält.

Josh Billings;
1818–1885;
am. Humorist

Das Leben ist eine Krankheit, von der wir uns alle 16 Stunden durch den Schlaf erholen.
Der Schlaf ist das Linderungsmittel, der Tod das Heilmittel.

NICOLAS CHAMFORT;
1741–1794;
FRZ. MORALIST

Es ist weder der Stärkste noch der Intelligenteste einer Spezies, der überlebt, sondern derjenige, der sich Veränderungen am besten anpassen kann.

Charles Darwin;
1809–1882;
brit. Naturforscher,
Begründer der
Evolutionstheorie

Je geschäftiger wir sind, desto mehr fühlen wir, dass wir leben, um so mehr wird uns das Leben bewusst.

Immanuel Kant;
1724–1804;
dt. Philosoph

Leben ist Streit
um Geschmack und Schmecken.

Friedrich Nietzsche;
1844–1900;
dt. Philosoph

Wer in der wirklichen Welt
arbeitet und in der idealen lebt,
der hat das Höchste erreicht.

Ludwig Börne;
1786–1837;
dt. Schriftsteller,
Kritiker

Nur der Bedenkende erlebt sein Leben, an Gedankenlosen zieht es vorbei.

Marie von Ebner-Eschenbach;
1830–1916;
öster. Erzählerin,
Aphoristikerin

Der Mensch gerät immer wieder in Konflikt mit dem Leben, nach dem er sich sehnt, und dem Leben, das er führen muss.

Lothar Schmidt;
1922–;
dt. Jurist, Politologe,
Aphoristiker

Das Leben ist wie
ein Schulaufsatz.
Meist wird das Thema verfehlt.

Werner Mitsch;
1936–;
dt. Schriftsetzer,
Aphoristiker

Zu sein, was wir sind,
und zu werden, wozu wir fähig sind, ist das einzige Ziel des Lebens.

Robert Louis Balfour Stevenson;
1850–1894;
schott. Schriftsteller

Freude ist das Leben durch einen Sonnenstrahl hindurch gesehen.

Carmen Sylva;
1843–1916;
dt. Dichterin
(Dichtername der rumän.
Königin Elisabeth)

Das Leben ist ein Krankenhaus, in dem jeder Patient den Wunsch hat, sein Bett zu wechseln. Der eine möchte lieber nahe dem Feuer leiden, und der andere ist überzeugt, dass er nahe dem Fenster gesund wird.

CHARLES PIERRE BAUDELAIRE;
1821–1867;
FRZ. DICHTER, KRITIKER

Wer sein Leben in Frage stellt, muss nach Antworten suchen.

Gerhard Uhlenbruck;
1929–;
dt. Immunbiologe,
Aphoristiker

Die meisten Lebensläufe
werden in einer Zeit geschrieben,
in der noch gar nichts gelaufen ist.

Werner Mitsch;
1936–;
dt. Schriftsetzer,
Aphoristiker

Das Leben versteht man nur im Rückblick. Gelebt werden aber muss es vorwärts.

LOTHAR SCHMIDT;
1922–;
DT. JURIST, POLITOLOGE,
APHORISTIKER

Das einzige, das noch schwieriger ist, als ein geordnetes Leben zu führen: es anderen nicht aufzuzwingen.

MARCEL PROUST;
1871–1922;
FRZ. ROMANCIER, ESSAYIST

Das Leben ist kurz,
wenn man nur die Zeit des Glücks
Leben nennt.

Jean de La Bruyère;
1645–1696;
frz. Moralphilosoph

Die kurze Dauer des Lebens kann uns seine Freuden nicht verleiden und uns über seine Leiden nicht trösten.

Vauvenargues;
1715–1747;
frz. Aphoristiker,
Philosoph

Das Wertvollste im Leben
ist die Entfaltung der Persönlichkeit
und ihrer schöpferischen Kräfte.

Albert Einstein;
1879–1955;
dt.-am. Physiker, Begründer
der Relativitätstheorie

Wer mit dem Leben spielt, kommt nie zurecht. Wer sich nicht selbst befiehlt, bleibt immer Knecht.

Johann Wolfgang von Goethe;
1749–1832;
dt. Dichter

Im Grunde sind es doch die Verbindungen mit Menschen, welche dem Leben seinen Wert geben.

WILHELM VON HUMBOLDT;
1767–1835;
DT. PHILOSOPH,
SPRACHWISSENSCHAFTLER

Unsere Neigungen zeigen an, in welche Richtung sich unser Leben entfalten möchte.

Ernst R. Hauschka;
1926–;
dt. Bibliothekar,
Aphoristiker

Es geschieht zu jeder Zeit
etwas Unerwartetes;
unter anderem ist auch deshalb das
Leben so interessant.

Marie von Ebner-Eschenbach;
1830-1916;
öster. Erzählerin,
Aphoristikerin

Wer Pläne schmiedet, darf nicht auf den glücklichen Zufall hoffen, vielmehr muss er mit den ungünstigsten Ausnahmen von der Regel rechnen.

Robert Muthmann;
1922–;
dt. Jurist, Aphoristiker,
Lyriker

Das Leben erzieht die großen Menschen und lässt die kleinen laufen.

MARIE VON EBNER-ESCHENBACH;
1830–1916;
ÖSTER. ERZÄHLERIN,
APHORISTIKERIN

Nicht die Jahre in unserem Leben zählen, sondern das Leben in unseren Jahren.

Adlai Ewing Stevenson;
1900–1965;
am. Politiker

Nicht derjenige hat am meisten gelebt, welcher die meisten Jahre zählt, sondern derjenige, welcher sein Leben am meisten empfunden hat.

Jean-Jacques Rousseau;
1712–1778;
frz. Philosoph

Biologische Prozesse
gehen von der Zelle aus,
juristische Prozesse führen zuweilen
zu ihr hin.

Lothar Schmidt;
1922–;
dt. Jurist, Politologe,
Aphoristiker

In der einen Hälfte des Lebens opfern wir die Gesundheit, um Geld zu erwerben;
in der anderen opfern wir Geld, um die Gesundheit wieder zu erlangen.
Und während dieser Zeit gehen Gesundheit und Leben von dannen.

VOLTAIRE;
1694–1778;
FRZ. PHILOSOPH

Wenn man das Leben als eine Aufgabe betrachtet, dann vermag man es immer zu ertragen.

MARIE VON EBNER-ESCHENBACH;
1830–1916;
ÖSTER. ERZÄHLERIN,
APHORISTIKERIN

Wenn es zutrifft, dass Politik
die Kunst des Möglichen sei,
so sind Politik und Leben eins.

Lothar Schmidt;
1922–;
dt. Jurist, Politologe,
Aphoristiker

Am Ende gilt doch nur,
was wir getan und gelebt – und nicht,
was wir ersehnt haben.

Arthur Schnitzler;
1862–1931;
öster. Dramatiker

Professor Dr.jur. Lothar Schmidt,
Diplom-Volkswirt, ist Politologe an der Universität Frankfurt am Main. Zudem ist er auch Aphoristiker und Herausgeber zahlreicher Aphorismen- und Zitatensammlungen.

Im Wirtschaftsverlag Carl Ueberreuter, Frankfurt/Wien wurden veröffentlicht:

Zitatenschatz für Führungskräfte
408 Seiten, 1999, Hardcover
ISBN 3-8323-0589-0, Lederausgabe ISBN 3-8323-0590-4

Kurzzitate für Führungskräfte
342 Seiten, 2002, Hardcover
ISBN 3-8323-0806-7

Von Professor Dr.jur. Lothar Schmidt erschien ein Band eigener Aphorismen unter dem Titel:

Worte sind Waffen –
Aphorismen zur Gegenwart
Words are Weapons –
Aphorisms of our Age

4., überarbeitete und erweiterte Auflage, deutsch und englisch
Frankfurt am Main: Frankfurter Allgemeine Zeitung, Verlagsbereich Buch, 1999
144 Seiten, ISBN 3-933180-29-5

Weitere Bände dieser Reihe:

Vergeben & Vergessen

Sekretariat & Assistenz

Pension & Ruhestand

Management & Führung

Beratung & Verkauf